D1732458

Wind und Sterne Verlag
KÜNSTLEREDITION

LARS WINTER

ZERWÜHLT

#zerwühlt

Lars Winter
Zerwühlt — Ein Bett und seine Geschichten

Originalausgabe
2. erweiterte Auflage Juni 2018

ISBN 978-3-946-186-63-2

Wind und Sterne Verlag — Fabienne Meyer
Hinterruthen 1 | 55571 Odernheim

windundsterneverlag@gmail.com
www.windundsterne-verlag.com

Lektorat & Korrektorat: Valerie Noack

Gestaltung und Satz: alles mit Medien,
www.allesmitmedien.de

Titel- und Innenillustrationen:
Wolfgang Keller, art@w-keller-design.de

Im Skizzenbuch:
Vier Illustrationen von Andreas Noßmann
a@nossmann.com

Printed in Germany

FSC
www.fsc.org

MIX
Papier aus verantwor-
tungsvollen Quellen
FSC® C083411

LARS WINTER

ZERWÜHLT

Ein Bett und seine Geschichten

 Wind und Sterne

·

Epilog:

Wenn man Schwerter zu Pflugscharen
schmieden kann,
warum dann nicht auch
Kampfflugzeuge (Doppeldecker) in Betten
verwandeln?

Das war einer der Gedanken, die hinter
Zerwühlt stehen — die anderen befassen sich
mit den Fragen, was in der subjektiven
Wahrnehmung als Überschrift von einem
Jahrzehnt übrig bleibt und mit dem Bett als
Kulisse all der täglichen und nächtlichen
Episoden, die dort stattfinden.

Die Geschichten sind Momentaufnahmen
der Dekaden, in denen sie spielen, und dennoch pure Fiktion.

Real sind nur die Zahlen, Daten, Fakten,
Schlagzeilen und Inhalte der beschriebenen
Jahrzehnte. 100 Jahre, die in diesem Buch
ihren Anfang mit dem Ende des 1. Weltkriegs
nehmen.

Ich teile voll und ganz die Meinung der
Historiker, dass dieser erste weltweite

Wahnsinn die Urkatastrophe für den nächsten noch verheerenderen Wahnsinn war.

In jedem Krieg scheinen Uhren schneller zu laufen, entscheiden Sekundenbruchteile über Tod oder Leben. Schreiben und lesen sind wunderbare Maßnahmen zur Entschleunigung. Es gibt sicher noch wirksamere Methoden, aber für einen Autor und Vielleser sind es die naheliegendsten.

Nachdem ich meine innere Ruhe gefunden hatte, begab ich mich auf die Reise in die Vergangenheit. Zuerst soweit die eigenen Erinnerungen reichten — anschließend war ich in Sachen Recherche unterwegs (so alt bin ich nun auch wieder nicht). Die hundert letzten Jahre des alten Jahrtausends gehören zu den am besten dokumentierten der Menschheitsgeschichte. Umso größer war die Herausforderung, sich auf nur jeweils ein Ereignis, eine Kulisse, eine Geschichte zu konzentrieren, die dann stellvertretend und zwangsläufig subjektiv den Zeitgeist, das Denken, aber auch die Gefühlswelt jenes Zeitabschnitts spiegelt. Ich wollte keine Sachbuchkapitel schreiben, habe eher an ein

Theaterstück gedacht. (Vielleicht werde ich das irgendwann noch in Angriff nehmen.)

Auf maximal vier Seiten pro Jahrzehnt sollten so kurze Einblicke geboten werden, die sich mehr mit den nebensächlichen Dingen beschäftigen — und die als hastige Episoden angelegt sind.

Zu schreiben bedeutet, der Phantasie*
wenigstens eine Chance zu geben.
(Paul Coswig)

*Auch wenn der Duden als empfohlene Schreibweise dieses magische Wort mit einem F am Anfang sieht, verweigere ich die Umsetzung. Der Sinn des Wortes wird sonst m.E. durch die Assoziation mit einer Limonade zu sehr abgelenkt — und dafür ist mir dieses Wort und seine Bedeutung einfach zu wichtig.

NEUNZEHNHUNDERT *zwanzig* 1920

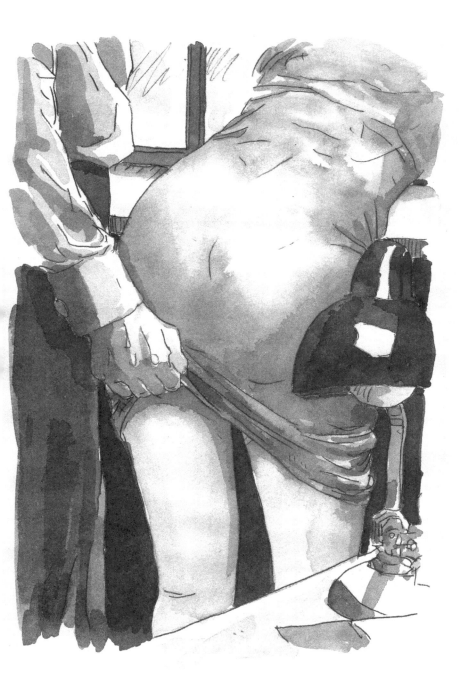

»Fräulein Anneliese, kommen Sie bitte in mein Büro!

Was hat Ihnen der Herrgott bloß für einen tadellosen Körper geschenkt!

Ach was, Sie sind erst zwanzig und haben noch drei kleine Schwestern zu versorgen? Wenn die nur halb so schön werden wie ihre große Schwester, ist's um die Männerwelt geschehen.

Sie werden ja ganz rot, meine Liebe, und zittern tun Sie auch. Sind Sie malade? Ist Ihnen schlecht? Hatten Sie heute Mittag etwa nichts Manierliches zu essen?

Ich werde gleich ein paar Zeilen für Sie schreiben — einen Zettel für die Kantine. Ich hole nur rasch Papier und Feder. Wenn Sie zwischendurch einen Blick auf Ihre Kolleginnen unten in der Fabrikhalle werfen wollen, tun Sie sich keinen Zwang an.

Vielleicht zersägen sie heute dem Udet sein Flugzeug, den Albatros oder die Fokker. So gut verleimtes Sperrholz für so gute Betten. Niemand braucht mehr Flugzeuge — das Land braucht Betten, um neue Helden zu zeugen.

Contenance, meine Liebe.

Sie müssen sich nur ans Fenster stellen. Legen Sie Ihre Arme kommod auf die Fensterbank und entspannen Sie sich. Oder beugen Sie sich besser gleich über das Fußende vom Musterbett. Habe mir erst gestern ein Exemplar hier im Büro aufbauen lassen. Sehen Sie nur, wie solide die Teile zusammengebaut sind und wie edel das Holz poliert ist. Fast schimmert es so wie Ihre nackte Haut, dort wo kein Kittel sie versteckt.

Sie haben sich doch heute Morgen gewaschen? Die Schüssel zwischen die Beine geschoben? Ich mag keinen Schweißgeruch. Und bluten tun Sie doch hoffentlich auch nicht. Man hört ja schlimme Sachen über dieses Menotoxin — möchte mich nur ungern vergiften. Bei euch Ischen kann man nie wissen. In jeder Frau steckt halt ein teuflischer Gedanke. Warum ich hinter Ihnen stehe? Seien Sie doch nicht so ängstlich, so zimperlich. Vielleicht will ich mich an diesem glattpolierten Bett erfreuen, vielleicht an Ihrer Haut.

Da ist viel zu viel Stoff zwischen Ihrem herrlich prallen Hintern und meiner Hose. Das können wir ändern, das müssen wir ändern. Was ich da mache? Schau'n Sie nur aus dem Fenster den anderen bei der Arbeit zu und lassen mich tun, was sicher schon viele Männer vor mir mit Ihnen gemacht haben. Sie sind doch auch nur eine kleine *Greluche*. Das ist mir sofort aufgefallen. So kokett, wie Sie gucken, kichern, die Augen niederschlagen und die Hände vor dem Schoß falten.

So keusch vor diesem sündigen Schoß. Unter dem Stoff lockt der Duft Ihrer Scham. Bleiben Sie ruhig, zappeln Sie nicht, der Schmerz lässt gleich nach. Ich spucke noch einmal auf meinen kleinen Helden. Ihr habt das doch gern, ihr frivolen Luder. Tagsüber in der Fabrik oder als Tippmamsell arbeiten und abends tanzen gehen. Man kann es euch doch gar nicht hart genug besorgen. Beweg dich jetzt nicht, halt still. Wenn du dir Mühe gibst, kannst du nachher Kartoffelsuppe mit nach Hause nehmen. Nicht zappeln, nur dagegen drücken, bis es heiß wird, bis ich wieder aus dir rausrutsche. So ist es gut. So muss ich dir nicht in die Augen schauen.

Für das hier gibt's nämlich keinen Orden. Nein, für dieses Leben kriegt man keine Auszeichnung, nicht von Gott, keinem Kaiser, keiner Republik und keinem Vaterland. Für dieses Leben bekommt man einen Arschtritt, jeden Tag aufs Neue. Ich habe mir mein Aussehen nicht ausgesucht, habe mir nicht diese schlaksigen Knochen bestellt, diesen linkischen Gang, die Fistelstimme und den schmallippigen Mund, der immer leicht arrogant zu wirken scheint.

Nicht einmal der Schnurrbart kann das verstecken. Die Mutigen, die Starken, die besser Aussehenden sind tot. Wir Charakterlosen haben überlebt und während eure Helden die Schlachtfelder düngen, zeugen wir ihre Kinder ...«

Anmerkungen zur 1920er Episode:

Laut Artikel 198 bzw. 202 des Versailler Vertrags wurde dem Deutschen Reich 1918 untersagt, auch weiterhin eigene Luftstreitkräfte zu unterhalten oder diese neu aufzubauen. Darüber hinaus mussten die noch vorhandenen Kriegsflugzeuge, Flugzeugmotoren, Ersatzteile, Waffen und Munition der Fliegertruppe an die Siegermächte ausgeliefert oder vernichtet werden.

Verfügten die Luftstreitkräfte des kaiserlichen Kontingentheeres zu Kriegsbeginn 1914 nur über etwa 300 Flugzeuge, war ihre Anzahl bis zum Vertragsschluss auf über 5000 einsatztaugliche Kampfflugzeuge gewachsen. Insgesamt betraf die Übergabe oder Verschrottung allerdings bis zu 14.000 Flugzeuge (inkl. Marinefliegern, Artillerie-Aufklärungsabteilungen usw.) und die doppelte Anzahl an Motoren.

Waren die Jagdflugzeuge der Albatros-Reihe noch in Sperrholzschalenbauweise gefertigt, so wurde der Rumpf späterer Modelle wie der der Fokker D.VII bereits aus Stahlrohrrahmen hergestellt. Lediglich die Flügel waren auch

weiterhin aus Holz, die genauso wie der Rumpf mit Stoff überspannt wurden.

Reichlich Material, um daraus fiktiv mehr oder weniger solide Betten zu bauen — zumindest aus einem Teil der Flugzeuge.

So viel zur Geburtsstunde der imaginären Morpheus-Bettenwerke.

Tatsächlich wurden die Holzbauteile phantasielos zersägt und als Brennholz benutzt, wie es auf zeitgenössischen Bildern dokumentiert ist.

Der weitaus wichtigere Aspekt der 1920-Episode betrifft die Menschen.

Vor dem 1. Weltkrieg bestand die Bevölkerung des Deutschen Reiches aus knapp 65 Millionen Einwohnern. 1918 waren über 2 Millionen Soldaten gefallen oder als vermisst gemeldet. Darunter die für mich innovativsten, bedeutendsten, großartigsten Künstler, die es in Deutschland des 20. Jahrhunderts gegeben hat: August Macke, Franz Marc und Albert Weisgerber.

Über 4 Millionen deutsche Soldaten wurden in diesem Krieg verwundet oder verstümmelt — physisch wie psychisch.

Niemand darf die vielen Toten und Verletzten der anderen Nationen übergehen oder vergessen — aber die Episode in diesem Buch spielt nun einmal in Berlin.

Vielleicht gehören die Zwanzigerjahre des letzten Jahrhunderts zu den widersprüchlichsten der Geschichte.

Eine Welt voller Hunger nach neuen Eindrücken — den geistig wie körperlich existenziellen wie auch den exzessiven.

Eine Stadt als Schmelztiegel von Lust, Gier, Naivität, Kreativität, dem täglichen Kampf ums Überleben und einer nie für möglich gehaltenen Freiheit des Geistes und der Sinne.

Die perfekte Kulisse für den Start in zehn Episodenbilder ...

NEUNZEHNHUNDERT *dreißig* 1930

Die Nacht ist laut gewesen wie die Musik des Tanzorchesters, der Schaumwein salzig wie deine Küsse im Cabaret-Foyer. Vor dem Morgen sind wir in diesem Zimmer gelandet. Zwölf Quadratmeter, Hinterhof, Tiefparterre, zwei bodentiefe Fenster und keine Gardinen davor — dafür gibt es noch einen kleineren Raum, direkt neben der Toilette mit Wasserspülung und Waschbecken. Immer wieder landen wir in unserem Nest, finden unsere Füße den Weg zur Abstellkammer für unsere Körper.

Lisa, schöne Lisa, mach Platz, dein Peter Panter möcht' sich zwischen deinen Beinen wachräkeln. So rätselhaft ihr Frauen auch seid, euer Körper ist die Antwort auf alle Fragen, die uns Männer quälen. Wenn ihr Weiber doch nur das Wort Lust aussprechen könntet, ohne dabei rot zu werden. Diese Geilheit im Gepäck macht uns Männer einsam. Egal wie wir uns euch nähern, wir wollen immer nur das eine. Wie viel Zeit haben wir mit dem Quatsch davor schon vergeudet. Jedes Bett ist unser Ziel, ist Hafen, ein Spielbrett, ist Bühne.

Dieses wunderbare Bett ist groß genug für dich und mich und für dieses andere Geschöpf, das sich da gerade an mich schmiegt.

Hol mich der Teufel, wo kommen diese Arme plötzlich her? Waren die schon immer da? Mein vernebelter Verstand will noch nicht richtig funktionieren. Also müssen die Hände das Denken übernehmen. Sie fahren unter fremde Pyjamajacken, tasten wie die Finger eines Blinden über Haut, schlüpfen unter Gummibänder und versinken zwischen Haaren und noch weicherer Haut. Ich rieche an meinen Fingerspitzen, lecke daran. Honig aus dem Honigtöpfchen. Ganz langsam kriecht die Erinnerung in meinen Schädel.

Lisa, schöne Lisa, wie oft haben wir darüber gesprochen. In Paris, in Schweden; ein Bett, ein Mann, zwei Frauen. Du hast gekichert wie ein junges Ding, dann streng geschaut wie eine Mutter und dich auf nichts einlassen wollen. Es ist noch kein halbes Jahr her, da hast du mir im Urlaub in Schweden eine Szene gemacht, bloß weil ich die junge, hübsche Bedienung im Café auf eine Ménage-à-trois einladen wollte.

Jetzt ist es endlich so weit. Ich liege zwischen zwei Frauen, bin immer noch nicht nüchtern, aber meine Augen, meine Finger, meine Lippen und mein Theobald funktionieren so, wie ich mir das wünsche. Ich knie jetzt zwischen euch wie ein Junge im Sandkasten.

Lisa, deine dunklen Haare sind der perfekte Kontrast zu deiner blassen Haut. Die blonden Haare der anderen Frau sind viel kürzer, überall, lassen Blicke auf Lippen zu, die die Haare eigentlich bedecken sollen.

Mein Gott, wie sehr habe ich mir das gewünscht. Ich frühstücke Frau, nasche mich in den Tag. Mein Kopf ist wie aus Blei gegossen, aber die Sinne sind so wach wie schon seit Langem nicht mehr. Wie eine Jolle auf den Wellen treibend, lande ich mal auf der einen, mal auf der anderen Seite. Dass Lippen, die so ähnlich aussehen, so unterschiedlich schmecken können.

Meine linke Hand versinkt in üppigen Brüsten, während sich die rechte an einem sanften Hügel festkneift. Wie ein Dirigent fahren meine Hände abwärts, über andere

Hügel, öffnen die Lippen darunter. Erst jetzt werdet ihr wach — wenigstens tut ihr beiden Frauen so. Endlich suchst du meinen Mund und deine Hände umschließen mich. Madame Blond öffnet erst jetzt ihre Augen, nur um sie augenblicklich wieder zu verdunkeln, bevor sie zu stöhnen beginnt.

Drei Menschen fallen ineinander und übereinander her. Lippen finden Lippen und Haut und Lust. Jeder riecht nach jedem, jeder schmeckt nach jedem. Endlich wird nicht nur mein Körper befriedigt — meine Seele, mein Geist, meine Kreativität finden ihr Sudelbuch. Darüber werde ich einen Roman schreiben. Eine leichte Liebesgeschichte über Lisa, Madame Blond und mich. Wann werde ich mich jemals wieder so lebendig fühlen?

In diesem Moment bin ich Isidor Iltis und Leopold Löwe und die Lust quält mich nicht länger. Wenigstens nicht bis zum nächsten Mal. Männer sind Kinder — so wie Soldaten Mörder sind?

Anmerkungen zur 1930er Episode

Die Welt wird ein Stück kleiner: Die ›Europa‹, ein Atlantikdampfer, erobert das Blaue Band für die schnellste Nordatlantik-Überquerung von Bremerhaven nach New York.

In Deutschland gibt es 3 Millionen Arbeitslose und in den Lichtspielhäusern führt ›Der blaue Engel‹ mit der Dietrich und Emil Jannings allen Zuschauern vor, wer dieses Spiel zwischen Männern und Frauen letztendlich immer gewinnt.

Männer mögen die leidenschaftlicheren Spieler sein — aber sie werden schnell süchtig, während die Frauen nüchtern bleiben. Deshalb werden die Regeln auch von ihnen geschrieben.

Der Himmel über Deutschland wird braun und die Luft sauerstoffärmer.

Zuckmayers ›Hauptmann von Köpenick‹ hat seine Uraufführung.

Die preußische Tugend, mehr zu sein als zu scheinen, wird abgewählt und die Worte bloß vertauscht. Uniformen werden wieder chic.

Menschen mit Verstand flüchten sich in ihre Parallelwelten, fordern die Freiheit des Geistes, der Lust, der Gier, der Begierde und der Möglichkeiten des Phantastischen und des Naheliegenden.

Der kluge Tucholsky schreibt sein wunderbares ›Schloß Gripsholm‹ (noch immer einer meiner Lieblingsromane).
Seine Lisa heißt dort Lydia und wahrscheinlich ist nichts so, wie es sich der Meister in seinen Träumen zusammengedichtet hat.
Wenigstens behauptet das die Dame vehement und Zeit ihres Lebens. (Von Billie habe ich nirgends einen Kommentar dazu gefunden.)
Aber ich will dem ›armen Irren‹ glauben — halte mich an meine Phantasie und das nicht etwa aus falsch verstandener, männlicher Solidarität.
Mir geht es darum, wie spielerisch und frei Tucholsky in einer rauen und phantasielosen Zeit mit dem Thema Liebe und Lust umgegangen ist.

Dass er seine Gedanken über eine Ménage-à-trois im Exil zu Papier gebracht hat, ist nur logisch und konsequent.

Seine Urne wurde in der Nähe von Schloss Gripsholm beigesetzt. Die Inschrift auf der Grabplatte lautet:

›Alles Vergängliche ist nur ein Gleichnis.‹

In ›Requiem‹, einer seiner Satiren, hat Tucholsky andere letzte Worte vorgeschlagen:

›Hier ruht ein goldenes Herz und eine eiserne Schnauze. Gute Nacht!‹

Famose, retrospektive Worte eines genialen Geistes.

NEUNZEHNHUNDERT *vierzig* 1940

Das Atelier ist lichtdurchflutet und nur spärlich möbliert. Zwei Staffeleien, zwei Stühle, ein Tisch, in der Mitte ein Bett, ein Radio und ein Grammophon.

Die Frau auf der Matratze ist nackt — der Mann an der Staffelei trägt einen weißen Kittel.

»Bleib endlich ruhig liegen, halte die Pose.« Die Stimme des Mannes klingt genervt. »Du liegst flach auf dem Rücken, hast links und rechts deine Kinder im Arm. Was ist daran so schwer zu verstehen?«

»Ist es so besser?«, haucht die Frau verführerisch, winkelt die Beine an und lässt die Hüften kreisen.

»Greta, ich bitte dich, das ist auch so schon schwer genug für mich«, sagt der Mann seufzend, Pinsel und Palette beiseitelegend. Während die Frau zu kichern beginnt, geht der Mann zum Grammophon.

»Chinamann liebt das Chinamädchen Marzipan«, trällert kurz darauf Willy Fritsch durch den Raum.

»Ich denke, das Lied macht dich immer so traurig«, sagt die nackte Frau. »Auch wenn ich das absolut nicht verstehe«, ergänzt sie und beginnt mitzusummen.

Als wenn du mich jemals verstanden hättest, denkt der Mann. Das Fernweh macht mich krank. Ich bin Künstler, meine Neugier hört nicht an den Reichsgrenzen auf. Ich will das Licht in der Provence sehen, Kairo, Hiva Oa, Macao, will endlich wissen, ob etwas dran ist am Gerücht, dass die Körper von Asiatinnen auch anderswo querlaufende Lippen haben. Auf meiner Palette ist für viel mehr Farben Platz als nur für Brauntöne.

»Komm, Greta, wir müssen weitermachen. Die Ausstellung ist schon übernächste Woche. Wollen wir Geld verdienen, muss die Farbe wenigstens trocken sein.«

»Du bist verrückt.« Die Stimme der Frau klingt plötzlich wie Peitschenhiebe. »Übermalst meine nackte Haut auf der Leinwand, bloß um eine Mutter im züchtigen Blümchenkleid zu präsentieren. Als müsste man diesen Körper verstecken.« Mit ihren Händen schiebt die Frau ihre Brüste in die Höhe, räkelt sich, als würde die Melodie vom

Grammophon in sie eindringen, sie willenlos machen, hypnotisieren.

»Das wird ein Grete-, kein Greta-Bild. Wie oft muss ich dir das noch erklären?« Nur mühsam kommen diese Worte über seine Lippen. Der Maler greift wieder nach Pinsel und Palette und tritt erneut an die Leinwand. Der Akt auf dem Bild, der in Feuerfarben gemalte, laszive Frauenkörper, ist schon zur Hälfte gezüchtigt worden. Das offene Haar ist jetzt zu Zöpfen geflochten, die nackten Brüste von grünem Blümchenstoff verdeckt. Nur die Hüfte, die Schenkel, die Scham warten noch darauf, zensiert zu werden. Während der Maler damit beginnt, mit einem großen Flächenpinsel die Leinwandhaut zu übermalen, springt seine Muse aus dem Bett. Mit flinken Schritten steht sie neben ihm.

»Das ist alles so schäbig«, schimpft sie drauflos. »Das bin ich nicht. Ich bin keine Mutter, ich bin eine Frau«, ärgert sie sich weiter und versucht dem Maler den großen Pinsel aus der Hand zu nehmen. Während die Grammophonnadel am Ende des Liedes angekommen ist, fällt die Palette mit den Ölfarben zu Boden.

Der Maler und sein Modell beginnen miteinander zu rangeln und zu raufen. Schließlich gibt die Frau dem Mann eine Ohrfeige.

»Im Film waren es sieben«, keucht der Mann, den nächsten Schlag einsteckend. Sie taumeln durch den Raum. Bei Ohrfeige sechs sind sie am Bett angekommen.

Jetzt keuchen beide, die farbverschmierten Hände des Malers hinterlassen ihre Spuren im Nacken und auf den Schultern der Frau. Er stößt sie auf's Bett, zwingt sie unter sich und nestelt an seiner Hose herum.

»Lass die Matratzenfedern endlich quietschen«, ruft sie und will sich hinlegen. Aber der Mann umschlingt ihre Hüften, dreht sie um, lässt sie vor sich knien, greift nach einem Pinsel und lässt das Holz auf ihren blanken Hintern hinabsausen.

»Ich will keine Frau mit Mutterkreuz«, stöhnt er, während der Pinsel wie ein Rohrstock auf ihren Hintern klatscht. Farbe spritzt auf das braune Holzbett, besprenkelt seinen dunklen Rahmen — kurz bevor das Bett zu quietschen beginnt.

»Immer Greta.«

Anmerkungen zur 1940er Episode

Der totale Krieg fand zuerst in den Köpfen statt.

Erste Opfer waren die Freiheit der Gedanken und die Kunst.

Irgendwann kämpfte jeder nur noch ums eigene Überleben. Kein Platz für Quergedachtes, neue Formen, andere Blickwinkel. Selbst die Kunst wurde gleichgeschaltet. Der persönliche Geschmack eines gescheiterten Malers, der sich vergeblich um einen Studienplatz an der Wiener Kunstakademie bemüht hat und sich selbst als Architekturmaler bezeichnete, wurde zum Maß der Dinge erhoben. Egal ob es um Musik, Literatur, um Malerei oder Filme ging — Kunst sollte parteiisch werden, sollte abbilden, als Beweis dienen, vordergründig unterhalten und dekorieren. Dabei ist Kunst rein sprachlich gesehen von Natur aus das Gegenteil. Kunst ist gefühlte Natur, die Interpretation davon, das Neugeschaffene, das erst durch den Künstler lebendig wird.

Viele Kreativschaffende und Intellektuelle wollten die Tatsache, dass andere entschieden, was erlaubt ist und was nicht, nicht akzeptieren. Sie verließen Deutschland. Andere blieben, wurden mit Berufsverboten belegt, zum Militärdienst eingezogen oder setzten ihrem Leben freiwillig ein Ende. Wieder andere arrangierten sich, versteckten ihr Talent hinter Mittelmäßigkeit, fraßen Kreide oder wurden durchsichtig.

Ich verurteile das nicht — habe durch die Gnade der späten Geburt zum Glück niemals vor einer ähnlichen Entscheidung gestanden, etwas gegen meine Überzeugung tun zu müssen. Ich erinnere mich nur daran, wie die Stimme meines Vaters brüchig wurde, wenn er über Sizilien und die Kunst der Römer sprach. Er hatte gerade sein Architekturstudium abbrechen müssen, um als Soldat seinem Vaterland zu dienen, hatte mit ansehen müssen, wie Granaten Denkmäler zurück in Steine verwandelten.

Er mochte die blonde Lilian Harvey und schwärmte für die >exotische< La Jana, auch wenn das nur ein Künstlername war, die Schauspielerin eigentlich Henriette Margarethe Niederauer hieß und aus Österreich stammte. Und er liebte französische Impressionisten und Chansons. ›J'attendrai‹ konnte er zeit seines Lebens mitsingen.

Nach 1945, in der zweiten Hälfte des Jahrzehnts, hatte niemand Nerven für Kunst und Kultur, das heißt außer den Schriftstellern.

Allen voran Wolfgang Borchert. Wie tragisch, dass sein Schriftstellerleben so jung enden musste.

Was mir bleibt, ist die Erinnerung an den eigenen Deutschunterricht in den 70er Jahren, an ›Schischyphusch‹, an ›Die Küchenuhr‹ und an die Frage, ob die Ratten wirklich nachts schlafen.

NEUNZEHNHUNDERT *fünfzig* 1950

Vor elf Monaten haben mich die Russen freigelassen.

Bürgermeister und Blasorchester haben uns Kriegsgefangene begrüßt. Du warst damals nicht am Bahnhof. Hast gesagt, dass du dem Schreiben vom Amt nicht getraut hast. Du hast dich sowieso verhalten, als wäre ich ein Fremder, jemand, den man vor der Tür stehen lässt. Ich habe mir Eintritt verschafft. Jetzt bist du schwanger und wir warten auf die Hebamme. Du liegst im Wohnzimmer. Nebenan in der Abstellkammer steht ein Luftschutzbett, falls ich wieder einmal nicht schlafen kann, mir unser Bett zu bequem ist, mir die Schweiß- und Uringerüche der letzten Jahre fehlen.

Als wir geheiratet haben, kannten wir uns gerade einmal drei Monate. Nach dem Kinobesuch August 1944 bin ich mit dir gegangen. Deine Eltern waren auf Besuch in München. Wir wurden intim und weil in diesen Zeiten jeder jemanden brauchte, haben wir geheiratet.

Bei Kriegsende haben mich dann die Amerikaner an die Russen überstellt. Falsche

Einheit, falscher Dienstgrad. Jetzt bin ich wieder da, der Mann in deinem Leben.

Es ist deine Wohnung. Du hast dir die Möbel besorgt, hast die Trümmer weggeräumt. Von mir ist nur der alte Wehrmachtsmantel am Garderobenhaken.

Es klopft an der Tür. Die Hebamme ist eine pralle Frau mit runden Beinen, rundem Hintern und kleinen Händen. Wie ein Kuli läuft sie unzählige Male zwischen dem Bett und dem Waschbecken in der Abstellkammer hin und her.

Das Klo ist im Treppenhaus. Aber du bist zu schwach, um dorthin zu laufen. Also schiebt dir die Hebamme die Schüssel unter den Hintern und du erleichterst dich im Bett. Dein Gesicht ist von den Wehen alt geworden. Der pralle Hintern hat dich untersucht und gesagt, dass es noch Stunden dauern könnte — dein Muttermund sei noch nicht weit genug geöffnet. Der Mund der Hebamme ist es schon.

Irgendwann auf dem Weg zwischen Waschbecken und Bett fange ich sie im Flur ab, greife nach ihrer Hand und suche mit meinem Mund ihren.

Ihr Mann sei noch nicht zurückgekommen — noch immer vermisst, flüstert sie mit spitzen Lippen und roten Wangen. Ich drücke ihre Hand zwischen meine Beine. Sie lässt sich darauf ein, greift nach mir, als würde sie sich an mir festhalten wollen. In die Wand zwischen Wohnzimmer und Flur ist ein Fenster eingebaut. Ich kann durch die Scheibe sehen, wie die Frau, mit der ich verheiratet bin, sich in diesem monströsen Bett hin und her wälzt, kann sehen, wie sich ihre Fingernägel in das Holz graben. Während meine Finger der Hebamme im Flur ihren Schlüpfer herunterzerren, fragt sich mein Verstand, ob das wirklich Farbspritzer auf dem Kopfteil des Bettgestells sind oder ob mir meine Augen nur etwas vorgaukeln. So wie mir mein Johannes in diesem Moment, als ich in etwas Warmes und Weiches eindringe, vorgaukelt, lebendig zu sein.

Habe ich ein schlechtes Gewissen? Nein, aber das ist auch nicht wichtig. Ich bin so oft gestorben in diesem Leben, dass ich nur noch beim Vögeln spüre, dass es mich noch gibt.

Anmerkungen zur 1950er Episode

Man darf niemals ›zu spät‹ sagen. Auch in der Politik ist es niemals zu spät. Es ist immer Zeit für einen neuen Anfang.
(Konrad Adenauer)

Die Hoffnung auf diesen Neuanfang hatten die 10.000 letzten kriegsgefangenen Wehrmachtsangehörigen, die in sibirischen Lagern als Zwangsarbeiter eingesetzt wurden, sicher längst verloren. Offiziell gab es sie nicht einmal. Diese Soldaten bauten gemeinsam mit noch einmal 20.000 deutschstämmigen internierten Zivilisten in Sibirien Eisenbahnen, legten Sümpfe trocken oder fällten einfach Bäume. Traumatisierte, vor sich hinvegetierende Gestalten, die den Sturm anderer ernteten.

Dass diese Menschen überhaupt jemals freikamen, verdankten sie der Beharrlichkeit eines asketisch wirkenden Politikers, seinem cleveren Verhandlungsgeschick oder Taschenspielertricks (wie fingierte Telefongespräche, um die Lufthansa-Maschine zum vorzeitigen

Abflug aus Moskau startklar zu machen) und letztendlich einem Tauschhandel: der Aufnahme diplomatischer Beziehungen gegen die letzten Kriegsgefangenen.

Das Thema war so heikel, dass es nicht einmal ein Schriftstück darüber gab — geschweige denn eine Unterschrift. Ein Ehrenwort und ein Händedruck mussten genügen.

Ein erstes Lebenszeichen dieser Untoten waren zwölf Worte, die sie auf Rotkreuzkarten nach Hause schicken durften. Zwölf Worte, um zehn Jahre zu überbrücken, ungestellte Fragen zu beantworten, vor die Baracken zu treten, Luft zu holen und endlich wieder so etwas wie Hoffnung kennenzulernen.

Es dauerte bis Oktober 1955, bis die ersten Heimkehrer in Friedland eintrafen — im Gepäck Hunger, Krankheiten, Alpträume, Kälte und Instinkten statt Gefühlen.

Am 16. Januar 1956 traf der letzte Gefangenenzug am Grenzbahnhof Herleshausen ein. Da wurden sicher nicht nur Freudentränen vergossen.

Wer würde aus dem Zug aussteigen und wer am Bahnsteig warten? Hier trafen fremde Verwandte auf traumatisierte Gestalten und Neugier auf Angst.

Nehmen sie die Menschen, wie sie sind, andere gibt's nicht.
(Konrad Adenauer)

NEUNZEHNHUNDERT *sechzig* 1960

Heute hat der HSV die Chance, deutscher Fußballmeister zu werden.

Endspielstimmung. Drei Männer und eine Frau sitzen wie Spatzen auf der Hochspannungsleitung nebeneinander und schauen sich das Spiel im Fernsehen an. Der Vater und seine Freunde haben nur noch Augen und Ohren für das Runde, das ins Eckige muss.

Nebenan in der Küche sitzt Ulf, der achtzehnjährige Sohn des Hauses, und blättert die Sonntagszeitung durch, während auf dem Gasherd das Kaffeewasser kocht.

Die Beatles treten demnächst in Hamburg auf. Der Junge mag ihre Musik, die schmalen Krawatten, die unanständig lang getragenen Haare und die Mädchen in ihren Petticoat-Kleidern. Mädchen sind viel wichtiger als Fußballspiele.

Wahrscheinlich war dieser blöde Sport der Grund, warum seine Mutter letztes Jahr abgehauen ist. Am Wochenende war sein Vater nie zu Hause gewesen, hatte in den Stadien gestanden, seine Mannschaft angefeuert und anschließend in der Kneipe Siege gefeiert oder Niederlagen ertränkt.

Der Nachbar interessierte sich nicht für Fußball und trank den Aquavit zu Hause, am liebsten zusammen mit der Nachbarin.

Ulfs Mutter hat noch die Decke für das alte Bett fertig bestickt, dann ihren Koffer gepackt, einen Brief geschrieben und ist nach Dänemark gezogen — zusammen mit dem Nachbarn. Jetzt steht das alte Bett, mit Decke und Kissen zum Sofa umgebaut, in der Ecke des Wohnzimmers und der Fernseher ersetzt seine Mutter.

Einer der Freunde seines Vaters hat seine Frau mitgebracht. Tante Inge, so soll er sie ansprechen. Aber Tanten sehen anders aus. Tanten tragen keine schwarzen Hornbrillen, bleichen sich nicht die Haare mit Wasserstoffperoxid und sie drücken einen auch nicht so fest an sich, dass dabei Blusenknöpfe aufspringen.

Der junge Mann sitzt in seiner Küche und wirft von Zeit zu Zeit einen kurzen Blick durch die Wandöffnung ins Wohnzimmer. Jetzt sitzen da nur noch die drei Männer. Kurz darauf kommt Tante Inge zu ihm in die Küche. Als sie ihn anlächelt, leuchtet ihr

Lippenstift wie das Warnlicht auf einem Feuerschiff. Auch ohne dass sie ihn an sich zieht, spannt sich die Bluse über ihren prallen Brüsten, genauso wie der knappe Rock ihre Hüfte und ihren Hintern einzusperren scheint.

Während leise Musik aus dem Kofferradio spielt, fragt sich der junge Mann, ob Tante Inge wohl auch einen dieser weißen Rüschenschlüpfer unter ihrem Rock trägt.

Er hat kein Geld für eine Vespa, sonst wüsste er das längst. Warum sonst sollten Männer Vespas fahren?

Er will gerade aufstehen und das Gas unter dem Wassertopf abdrehen, aber Tante Inge ist schneller.

»Das Wasser brodelt«, haucht sie und ihre Lippen scheinen dabei die Worte in der Luft zu küssen. Er trägt an diesem Nachmittag eine blaue Stoffhose mit engem Bund und schmalem Schnitt. Seine Erregung lässt sich nicht verbergen. Tante Inge bemerkt das und ihr Lächeln macht ihn nur noch nervöser. Nebenan jubeln sie gerade, als Tante Inge »Wollen mal sehen, was wir da machen können« sagt, seufzt und ihre Hände in die Hüften stemmt. Unruhig rutscht der junge Mann auf seinem Küchenstuhl hin und her. Tante Inge wirft einen kurzen Blick durch die Anreiche ins Wohnzimmer. Ihre Wange berührt ihn für einen Moment. Er spürt, wie sich Finger an seiner Hose zu schaffen machen, wie sie das wildgewordene Tier aus dem Käfig lässt. Dann richtet sie sich wieder auf, zieht ihren Rock über ihren Hintern hoch, stellt sich mit gespreizten Beinen verkehrt herum vor ihn. Kurz bevor sie sich auf ihn setzt, schiebt sie mit ihren Fingern das weiße Rüschenhöschen im Schritt beiseite. Als er in sie dringt, könnte er augenblicklich kommen.

Der nächste Torjubel im Wohnzimmer nebenan lenkt ihn ab. Die drei Männer springen auf dem Couch-Bett herum, so wie Tante Inge nun auf ihm herumspringt. Ihr Stöhnen geht unter im ausgelassenen Gelächter nebenan.

»Mist, jetzt habe ich auch noch Bier verschüttet«, hört er die Stimme von Onkel Freddy schimpfen.

»Das alte Bett hat sicher schon ganz andere Sachen schlucken müssen.«

Anmerkungen zur 1960er Episode

Beatles oder Rolling Stones?

Diese Frage war in den Sechzigerjahren für viele junge Erwachsene mindestens ebenso wichtig wie auf welche Schule man ging, welche Arbeit man hatte oder ob man lieber auf eine Vespa oder ein Moped sparen sollte.

In ihrer Zeit in Hamburg waren die Beatles (damals noch ohne Ringo Starr) so unangepasst, wie die Stones es gern gewesen wären. Schäbige Absteigen, Auftritte vor Säufern und Huren und anschließend Sex and Drugs and Rock'n Roll.

›I Want to Hold Your Hand‹ sprach aus, was die Jugend dachte, fühlte und wollte — nur war die Zeit anfangs noch nicht reif dafür. Prüderie bestimmte den Alltag. Das bekamen die allermeisten tagtäglich von ihren Eltern und Verwandten vorgelebt. Sexualität war Schweinkram.

Um heiraten zu dürfen, musste man 21 sein oder man benötigte das Einverständnis der Eltern. Schätzungsweise ein Drittel dieser Frühehen wurde geschlossen, weil die Braut

schwanger war. Abtreibungen waren verboten und die Antibabypille wurde als ›Medikament zur Behebung von Menstruationsstörungen‹ auf den Markt gebracht.

Ein anderer Paragraph aus dieser Zeit beschäftigte sich mit der sogenannten Kuppelei. Laut Gesetz war es Familienangehörigen, Freunden und Vermietern verboten, unverheirateten Paaren Räumlichkeiten zur Verfügung zu stellen, in denen sie miteinander intim werden konnten. Unzucht treiben, so hieß das damals noch. Das Unwort beschrieb jeglichen sexuellen Kontakt zwischen unverheirateten Personen. Untermietern war es verboten, nach 22 Uhr Besuch von Personen des anderen Geschlechts zu empfangen. Unverheiratet zusammenzuleben war zu dieser Zeit fast unmöglich. So konnten Eltern, die ihrem erwachsenen Sohn in ihrer Wohnung Geschlechtsverkehr mit seiner Freundin oder Verlobten gestatteten, mit Zuchthaus bis zu fünf Jahren bestraft werden.

In diesem Klima waren es Kinofilme und die Musik, die halfen, Grenzen in den Köpfen einzureißen. Von Ingmar Bergmans ›Das

Schweigen‹ bis zu den Oswalt Kolle-Filmen lernte das Publikum Lektion um Lektion. Selbst der Staat wollte plötzlich modern und aufgeschlossen sein oder wenigstens so wirken und ließ zwei Aufklärungsfilme produzieren: ›Helga‹ (1967) und ›Der Sexualkunde-Atlas‹ (1969) hießen die Schwarzweißstreifen.

Gleichzeitig wurde die Musik rockiger und die Texte doppeldeutiger.

Und die Beatles hatten ihren Anteil daran. Beatmusik wirkte wie die Erlösung für unterdrückte Lebendigkeit. Es waren die erfolgreichsten Jahre der Beatles. Ihre weiblichen Fans tanzten und schrien sich in Ekstase und den realen jungen Männern an ihrer Seite war das sicher ganz recht so. Unangepasst zu sein war plötzlich chic und man traute sich auch im Hellen Dinge zu tun, für die man zuvor auch das Mondlicht ausgesperrt hatte.

Am Ende des Jahrzehnts durften selbst Hefte und Illustrierte mit ›pornografischem‹ Inhalt erstmals über der Ladentheke verkauft werden.

›I Want to hold Your Hand‹ — an irgendeiner Stelle des Körpers muss schließlich jeder intime Kontakt beginnen.

NEUNZEHNHUNDERT *siebzig* 1970

»Friede den Hütten, Krieg den Palästen« — der Spruch hängt gleich neben dem Plakat von Ernesto an der Wand.

Joachim studiert erst seit einem Monat in Berlin. Mehr als einen Rucksack hat er nicht dabeigehabt, als er am Hauptbahnhof ausgestiegen ist. Es musste alles plötzlich sehr schnell gehen. Ein Schulfreund hatte ihn angerufen. Dessen Einberufungsbescheid war ihm vormittags zugestellt worden. Gleich nachdem das Gespräch beendet war, hatte Joachim rasch seine Sachen gepackt und schon am nächsten Morgen im Zug gesessen. Birgit wohnt seit einem Jahr in Berlin. Sie hat ihm angeboten, dass er in ihrer Bude unterkommen könnte. Wenigstens für den Anfang, bis er was anderes findet. Er mag Birgit, mochte sie schon immer. Dass sie sich damals aus den Augen verloren hatten, als er die zwölfte Klasse wiederholen musste, hat ihn seinerzeit mehr gestört als alles andere. Sie waren nie so richtig zusammen gewesen. Petting auf der Party, schmatzende Küsse im Hausflur und dann das erste Mal miteinander. Er hatte die Schaumzäpfchen in der

Bahnhofsapotheke gekauft. Wenn er an ihr erstes Mal zurückdenkt, erinnert er sich nur an den Chemiegeruch, den seifigen Geschmack dieser Zäpfchen und an den blättrigen Belag, den der eingetrocknete Schaum auf der Haut hinterließ. Nur nicht schwanger werden, war die Überschrift.

Irgendwann hatte Birgit dann die Pille genommen und ihn abserviert. Jetzt liegen sie nebeneinander in diesem alten Bett, in diesem tapetenlosen Zimmer mit der Tür, die sich nicht absperren lässt. Birgit ist noch schöner, als er sie in Erinnerung gehabt hat. Mit ihren langen blonden Haaren, den großen, zitronenförmigen Brüsten und diesem Levis-Hintern sieht sie wie die junge Anita Ekberg aus. Nur ist sie real, verspielt und experimentierfreudig und sie schmeckt jetzt nach sich selbst, überall. Er hat die ersten Wochen in Berlin genossen. Das Leben in der Kommune, die Musik, die Joints. Mittlerweile weiß er, dass Marihuana um Meilen besser als Lambrusco ist, dass man nach LSD keine Lust mehr auf Sex hat und dass alles, was man sich spritzen muss, tabu ist. Er hat noch nie zu viel Gras geraucht und immer Lust auf Sex gehabt, aber er hat schon gesehen, was eine Überdosis Heroin anrichten kann. Nein, da bleibt er doch lieber bei seinem Marihuana.

Birgit liegt neben ihm und liest in einem Pädagogikbuch, als seine Hand ihren Bauch zu streicheln beginnt. Mit seiner Zunge leckt er ihren Nabel, bevor er tiefer rutscht. Erst jetzt legt sie das Buch beiseite. Wie junge Hunde beginnen sie miteinander herumzuspielen. Das alte Bett ächzt unter ihrem Gewicht und die Matratzenfedern quietschen altersschwach vor sich hin. Als er wieder neben ihr liegt, spürt er seinen Puls wie wild am Hals hämmern. Es gibt nichts Besseres als guten Sex, eine Tüte danach und zwei Stunden komatösen Schlaf. Wenn man dann aufwacht, fühlt man wirklich etwas von der Gelassenheit und dem Glück, nach dem sie alle suchen. Das funktioniert immer — wenigstens solange man wieder aufwacht.

Während Joachim seinen tiefen, dunklen und traumlosen Schlaf genießt, ist seine Hand zwischen Birgit und ihn gerutscht.

Die Glut der Marihuanatüte zündet erst das Betttuch, dann die Matratze an. Die Flammen fressen sich durch den Stoff, durch Matratzenstroh, fressen Haare und Haut. Birgit wird von ihrem Husten geweckt. Da lodern ihre Haare schon, sieht sie aus wie eine lange, schlanke Kerze, die ungleich abbrennt. Joachim wecken nicht einmal ihre Schreie oder die Flammen, die ihn abfackeln.

Am Ende hat nur das Bett überlebt.

Die Brandnarben lassen die verleimten Holzstücke noch rustikaler wirken, so aussehen, als wäre das gewollt und schon immer so gewesen.

Anmerkungen zur 1970er Episode

Wer bis 1976 seinen Musterungsbescheid im Briefkasten liegen hatte und nicht zur Bundeswehr gehen wollte, hatte drei Möglichkeiten:

Man konnte darauf hoffen, von den Ärzten als wehruntauglich ausgemustert zu werden. (Farbenblindheit und sonstige Probleme mit Augen und Ohren waren dabei beliebte Rettungsringe.)

Man konnte seinen ständigen Wohnsitz nach Westberlin verlegen und es vermeiden, das Staatsgebiet der Bundesrepublik vor Ablauf seines 28. Lebensjahres wieder zu betreten.

Oder man musste den Kriegsdienst verweigern, was die Überprüfung der Gewissensentscheidung durch einen Prüfungsausschuss zur Folge hatte.

Nach einer schriftlichen Begründung (»Aus Gesinnungsgründen lehne ich den Dienst an der Waffe ab«) kam es anschließend zu einer mündlichen Anhörung und Befragung durch einen Ausschuss, welcher genauso wie die

Prüfungskammer als zweite Instanz im Verantwortungsbereich der Bundeswehr lag.

Ich habe lange überlegt, ob ich die Siebziger-Jahrzehnt-Momentaufnahme nicht in einer solchen Verhandlung spielen lassen sollte.

Die Fragen, die dort dem Kriegsdienstverweigerer (KDV) gestellt wurden, waren oft so bizarr, die Abläufe so komödiantisch beseelt, dass vier Textseiten wahrscheinlich nicht ausgereicht hätten.

Angefangen von dem Waldspaziergang, den man mit seiner Freundin unternahm, und dem Sittenstrolch, der sich plötzlich auf sie stürzte und diese vergewaltigte (obwohl der mit Knüppel oder Axt bewaffnete KDV-Feigling, das hätte verhindern können) bis hin zu der Frage eines Oberregierungsrats, ob der Verweigerer Autofahrer wäre und als dieser das bejahte dessen Antrag augenblicklich mit der Begründung abgelehnt wurde: Ein wahrer Pazifist könnte sicher nicht billigend den Tod von 17.000 Verkehrsopfern pro Jahr in Kauf nehmen.

Was für Geschichten gingen mir dabei durch den Kopf.

Dass ich mich dann doch für die Berlin-Variante in dieser Geschichte entschieden habe, hatte einen ganz banalen Grund:

Was hätte ein Bett in einem Gerichtssaal zu suchen und wie könnte ich die dramaturgische Verbindung zwischen beidem herstellen, ohne dass die Momentaufnahme ins Surreale abdriftet?

Das Bett ist nun einmal die stumme Bühne der Episoden — die Brücke, Kulisse, Spielwiese, der Zeitzeuge und Berlin das Sehnsuchtsziel all jener, die sich nicht vereinnahmen lassen wollten.

Zwar hob 1977 ein Wehrpflichtänderungsgesetz die Überprüfung von Kriegsdienstverweigerungsanträgen auf, aber das Bundesverfassungsgericht erklärte die Gesetzesnovelle für verfassungswidrig. Erst Mitte 1983 beschloss der Bundestag das »Gesetz zur Neuordnung des Rechts der Kriegsdienstverweigerung und des Zivildienstes«.

Bis zu diesem Termin waren schätzungsweise mehr als 30.000 junge Männer wegen

des vorgenannten Grunds nach Berlin umge-
siedelt. Einige wurden wieder zurückgeschickt,
weil sie nicht glaubhaft den Umzug in die
geteilte Stadt dokumentieren konnten.

Viele blieben und brauchten lange Zeit, bis
sie sich mit ihrem neuen Leben in der Mauer-
Stadt arrangieren konnten.

NEUNZEHNHUNDERT *achtzig* 1980

»Du kannst schreien, so laut du willst — aber das würde ich dir nicht empfehlen. Es ist Wochenende, da arbeitet hier im Industriegebiet sowieso niemand«, sagt der Mann mit emotionsloser Stimme. »Im schlimmsten Fall hört dich einer der anderen Jungs oben und du kannst dir denken, was dann passiert.« Die Frau nickt ängstlich.

»Also ist es das Beste, du lässt Gianna Nannini vom Kassettenrekorder aus schreien, während du deine Illustrierte liest. — Hast du Hunger oder Durst?«

Die Frau schüttelt den Kopf. »Aber ich müsste mal auf die Toilette«, sagt sie im Flüsterton.

»Kein Problem, dann geh doch — oder ist die Kette zu kurz?« Der Mann tritt an das Bett heran. »Ich habe extra gesagt, dass sie die Kette lang genug lassen sollen, damit du dich wenigstens ein paar Schritte im Raum bewegen kannst. Und was machen diese Hornochsen? Bohren ein Riesenloch ins Kopfteil und legen die Kette dahinter, anstatt sie vorne am Fußteil festzumachen.

Die müssen ganz schön Angst vor dir haben. Oder vor deinem Mann. Aber zwei Millionen sind ja auch kein Trinkgeld«, sagt er und öffnet mit einem Schlüssel das Schloss, das die Fußfessel der Frau und die Kette miteinander verbindet. Im gleichen Moment fällt die Kette zu Boden und die Frau hat ihre Füße frei. Mit blassen Fingern reibt sie sich ihren Knöchel. »Eine Schande, dass wir das überhaupt brauchen. Aber die anderen«, der Mann deutet auf die Zimmerdecke, »werden langsam nervös. Warum hat dein Gatte auch bloß die Geldübergabe platzen lassen? Und dann dieser Quatsch mit der Polizei. — Man könnte glauben, dass er dich gar nicht mehr zurückhaben möchte«, stellt er kopfschüttelnd fest. »Was ich so gar nicht verstehen kann.«

»Ich schon«, antwortet die Frau, steht auf und geht auf wackligen Beinen Richtung Toilette.

»Dann lasse ich dich mal wieder allein«, will der Mann das Gespräch beenden und marschiert Richtung Tür.

»Noch nicht«, ruft die Frau, während sie Jogginghose und Slip hinunterzieht und den Toilettendeckel aufklappt. »Ich wollte noch kurz mit Ihnen reden. Außerdem müssen Sie mich ja gleich wieder anketten.«

»Das können wir uns schenken. Wohin sollst du von hier aus schon verschwinden? Das ist ein altes Schlachthaus und wir sind im Keller.«

»Oh ja, das habe ich wohl gemerkt. Es ist schweinekalt, stinkt und ich werde langsam wahnsinnig. Wie lange bin ich eigentlich jetzt schon hier?«

Der Mann überlegt nur kurz, bevor er antwortet. »Drei Tage.«

Die Frau steht auf und geht langsam wieder Richtung Bett.

»Er wird das Lösegeld nicht zahlen«, sagt sie mit fester Stimme. »Ich habe ihn betrogen. Hatte eine Affäre. Nichts Besonderes, nur etwas gegen die Langeweile.«

»Und dein Mann ist nachtragend?« »Ich bin zwanzig Jahre jünger.« Als würde das alles erklären, zuckt sie mit den Schultern und setzt sich auf die Bettkante. »Für mich wird die Familie meines Mannes kein Lösegeld zahlen«, fährt die Frau fort. »Für meinen Mann schon.«

Jetzt suchen die blassblauen Augen der Frau die des Mannes. »Ich bin das schlechtere Geschäft, das dürfen Sie mir glauben. — Aber nur, was das Lösegeld anbelangt.«

Mit ihren langen, schlanken Fingern greift sie nach der Hand des Mannes, zieht ihn auf sich zu.

»Sie könnten das Doppelte an Lösegeld bekommen in der Hälfte der Zeit, ohne jedes Risiko«, flüstert sie, während ihre Finger über seine Hüften, den Hintern und die Beine wandern. »Ich weiß, wann und wo Sie ihn abfangen könnten. Denken Sie nur an das viele Geld!«, wiederholt sie ihre Gedanken. Gleichzeitig fingert sie an der Hose des Mannes herum, öffnet den Reißverschluss. »Und mich gibt es kostenlos dazu«, flüstert sie und saugt sich an ihm fest. Bevor er kommt, steht sein Entschluss fest. Alles oder nichts.

Diese Kette und dieses Bett sind stabil genug, um auch einen Mann an der Flucht zu hindern.

Anmerkungen zur 1980er Episode

Entführungen gehören zu den verabscheuungswürdigsten Verbrechen überhaupt.

Unter dem Oberbegriff Freiheitsberaubung werden in unserem Strafrecht Menschenraub, erpresserischer Menschenraub, Geiselnahme, Entziehung Minderjähriger und Verschleppung zusammengefasst.

Selbst wenn ein Opfer für eines dieser Verbrechen keinen Strafantrag stellt, muss der Staat von Amts wegen die Straftat verfolgen. Offizialdelikte rufen zwangsläufig Staatsanwälte auf den Plan.

Sogar Menschen bar jeder Phantasie werden wenigstens ein Unbehagen spüren, wenn sie in ihrer Tageszeitung wieder etwas über den Ablauf einer Entführung lesen — über das Martyrium der Opfer, die Qualen der Angehörigen, über die unmittelbaren und die Spätfolgen.

Wahrscheinlich gab es in den Achtzigerjahren nicht mehr dokumentierte Entführungen in Deutschland als in den Jahrzehnten zuvor und danach. (So wurde der Berliner Bürger-

meister Peter Lorenz 1975 entführt und der Präsident der Bundesvereinigung der Deutschen Arbeitgeberverbände Hanns Martin Schleyer 1977 von seinen Entführern sogar ermordet.)

Aber Schriftsteller sind nun einmal nicht objektiv.

Zahlen, Daten, Fakten sind etwas für Sachbuchautoren, Statistiker, für Telefonbücher und Adressenverzeichnisse.

Wichtig für mich sind die Menschen, die aus ihrem Leben herausgerissen werden. Mir haben sich in den Achtzigerjahren vor allem drei Entführungen ins Bewusstsein gebrannt: die der Kinder eines prominenten Journalisten, eines Druckimperium-Besitzers und eines Drogeriemarktmagnaten.

(Gladbeck versuche ich bis heute zu verdrängen. Es hat mich zu sehr empört, was seinerzeit passiert ist und was Journalisten dort angerichtet haben.)

Bei den allermeisten Entführungen geht es um Lösegelderpressung oder die Durchsetzung politischer oder persönlicher Ziele.

Oft entwickelt sich zwischen Entführer und Entführungsopfer eine merkwürdige Beziehung, die rasch als Stockholm-Syndrom bezeichnet wird.

Im August 1973 waren in der schwedischen Hauptstadt vier Angestellte (hier: drei Frauen und ein Mann) einer Kreditbank für mehrere Tage von Bankräubern als Geiseln genommen worden.

Während der Geiselnahme entwickelten sich scheinbar emotionale Beziehungsstrukturen bis hin zu offener Sympathie zwischen den Geiselnehmern und den Opfern.

So hatten die Geiseln während ihres fünf Tage dauernden Alptraums größere Angst vor der Polizei und deren Aktivitäten als vor den Geiselnehmern.

Die Sympathie ging so weit, dass sich die Entführten bei den Geiselnehmern am Ende für ihre Freilassung bedankten, dass sie vor Gericht um Gnade für die Täter baten und diese später sogar im Gefängnis besuchten.

Der Psychiater Nils Bejerot prägte anschließend den heute noch gängigen Begriff des

Stockholm-Syndroms, der im Wesentlichen die Überlebensstrategie der Geiseln beschreibt und wohl auf einer Wahrnehmungsverzerrung beruht.

Die Opfer nehmen nur einen sehr eingeschränkten Teil der tatsächlichen Geschehnisse wahr, beurteilen diese zwangsläufig subjektiv und fühlen sich vom Rest der Gesellschaft alleingelassen.

Ihre Welt reduziert sich auf wenige Quadratmeter, auf den Überlebenstrieb und auf das Gleichschalten des Denkens und Fühlens mit den ebenfalls eingesperrten Geiselnehmern.

Dass dabei die Verursacher quasi als Mit-Opfer wahrgenommen werden, ist das eigentlich Paradoxe. Seine Ursachen muss dieses Verhalten irgendwo in den dunkleren Passagen der menschlichen Evolutionsgeschichte haben.

NEUNZEHNHUNDERT *neunzig* 1990

»Schön, dass Tante Käthe die Grenzöffnung noch erlebt hat«, sagt die dunkelhaarige Frau im knappen schwarzen Kleid, während ihr Blick auf dem leeren Bett ruht.

»Auch wenn sie davon nicht mehr viel gehabt hat«, stimmt ihr der Mann mit dem Dreitagebart nur halbherzig zu. »Fast dreißig Jahre hat sie in einer Villa in Sichtweite ihres alten Landgutes gewohnt — nur auf der anderen Zaunseite.«

»Dafür hat sie bis eben wenigstens in ihrem alten Kinderzimmer liegen können.«

»Kalt, steif und tot. So wie ich Tante Käthe gekannt habe, hätte sie darauf gern verzichtet«, sagt der Mann naserümpfend. »Die Rückgabe ihres von der LPG verwüsteten Elternhauses hatte sie nicht nötig. Glaub mir, mein Onkel hatte genug Geld, um ihr jeden Wunsch zu erfüllen.«

»Ihr Wessis seid schon ein merkwürdiger Haufen: Bei euch dreht sich alles nur um eure picklige D-Mark. Vielleicht denkst du mal an Tante Käthes Gefühle, an ihre Wünsche, ihre Träume.«

»Aber das tue ich doch«, ruft der Mann und beginnt aufzuzählen. »Sie hat in einer Villa gewohnt, konnte Urlaub machen, wann und wo sie wollte, und jedes zweite Jahr stand ein neues Auto vor der Tür. Was soll ihr gefehlt haben?«

»Liebe, Lust, Spaß am Leben. In ihren Briefen an meine Mutter hat sie jedenfalls mehr als einmal geschrieben, dass sie sich nicht wie eine Frau fühlen würde.«

»Sie hatte keine Kinder, vielleicht meinte sie das.«

»Frau, nicht Mutter. Du verwechselst da etwas.« Jetzt huscht ein Lächeln über das Gesicht des Mannes.

»Ich weiß. Ihr Frauen aus Ostdeutschland verwirklicht euch über die Arbeit und über den Spaß am Sex.«

Zum ersten Mal, seit sie beide vor über einer Stunde das Andachtszimmer betreten haben, schauen sich die Frau und der Mann nicht nur flüchtig an.

»Ja, Sex und Lust sind wichtig, und andere Sachen sind es halt weniger.« Sie stehen

nebeneinander am Fußende des alten Holz-
bettes.

Draußen fährt gerade der Leichenwagen
mit dem Sarg Richtung Kirche.

Für zwölf Uhr war der Bestatter angekün-
digt, Punkt zwölf hat es an der Tür geklingelt.
Vor dem Gottesdienst um 15 Uhr ist noch
ein gemeinsames Mittagessen angesetzt. Der
Mann und die Frau haben sich angeboten, bis
zum Eintreffen des Bestatters im Haus zu
bleiben, die Totenwache zu halten, während
die anderen Trauergäste Richtung Gasthaus
aufbrachen.

»Weißt du, was für mich wichtig ist?«, fragt
der Mann leise.

»Sag es mir.«

»Zu leben, immer und immer, bis es uns das
Herz zerreißt, das Gehirn explodiert oder
sonst etwas passiert. Ich war nie ein Sack
Schrauben.«

»Komisch.« Die Frau scheint ihn zu mus-
tern.

»Was ist komisch? — Dass ich Gefühle habe
oder dass ich glaube, dass Tante Käthe ein

prima Leben hatte?« Die Stimme des Mannes klingt herausfordernd.

»Dass ich so kein bisschen traurig bin«, flüstert sie. »Und dass ich mich immer als Frau gefühlt habe.«

»Immer?«

»Immer.«

»Auch jetzt?« Die Stimme des Mannes klingt skeptisch.

»Und wie.«

»Dann scheint etwas dran zu sein an der Behauptung, dass die Gäste auf Beerdigungen mehr Sex miteinander haben als die Gäste bei einer Hochzeitsfeier.«

»Nicht dein Ernst«, erwidert die Frau und ihr Blick scheint sein Gesicht zu streicheln. Noch bevor der Mann ihre Hand berührt, küsst er ihren Mund. Die Frau schlingt die Arme um ihn und saugt seine Zunge in sich hinein. Gleichzeitig drängt er gegen ihren Schoß, bis ihre Beine sich öffnen.

»Wir sind verrückt. Jeden Moment könnte irgendwer auf den Hof fahren. Da braucht nur jemand etwas vergessen zu haben. Der kriegt 'nen Schreck fürs Leben.«

»Aber nur, weil wir das Lebendigste sind, was diese Trauerfeier zu bieten hat.«

Während ihr Spiel wilder wird, beginnt das Bett immer mehr zu knirschen und zu wackeln. Er zerreißt ihren Slip, sie balanciert auf einem Bein und umschließt ihn mit dem anderen.

Ihr Po wird jetzt ans Fußende des Bettes gedrückt. Das Stöhnen überlagert jedes andere Geräusch. Als das Bett unter der Wucht ihrer Lust zusammenbricht, stehen sie wie ausgepumpte Squashspieler nebeneinander — zwei Säulen inmitten von Trümmern.

Anmerkungen zur 1990er Episode

Der 9. November 1989 wird allgemein als das Datum genannt, an dem die Grenze zwischen der ehemaligen DDR und der Bundesrepublik Deutschland geöffnet wurde.

Streng genommen hätte dieses Ereignis also schon seine Würdigung in der vorherigen Episode dieses Buches finden können. Aber dieses letzte Jahr der Achtziger hatte so viele surreale Momente, so viele klischeevernebelte Augenblicke, dass ich bewusst darauf verzichtet habe, das Jahrzehnt darüber zu skizzieren.

Vergleicht man die Situation mit einem großen Zoo und zwei Primatengehegen, die nebeneinander existieren, so war dieser Tag im November der Moment, als einer der Zoowärter, bewusst oder unbewusst, vergessen hatte, die Tür hinter sich wieder abzusperren. Das Miteinander, das durch die Metallgitter irgendwie funktioniert hat, musste jetzt erst offene Türen ertragen lernen.

Neugier traf auf Angst, Imponiergehabe auf Kapitulation, FKK auf Pornos. Die Neunzigerjahre waren eine einzige große Spielwiese für das Miteinander-leben-lernen, ohne den scheinbaren Schutz von Gitterstäben. Manchmal glaube ich, dass dieses Experiment ohne das Bindeglied einer gemeinsamen Sprache gnadenlos gescheitert wäre.

Da waren zu Anfang beiderseits der Grenze häufig menschliche Reklamationen unterwegs, die die Gunst der Stunde nutzen wollten, um auf der jeweils anderen Seite neu zu beginnen.

Die einen hielten Einzug im wilden Osten, die anderen besuchten die Fernsehkulissen ihrer wohlhabenderen Nachbarn.

Ein zufällig aufgeschnapptes Zitat der damaligen Zeit — »Selbst ihre Wiesen sind grüner als die bei uns.« — und das darauffolgende »Noh« als Erwiderung habe ich seinerzeit noch nicht richtig zuordnen können, aber es klang schon damals mehr nach der thüringischen Form einer Zustimmung.

An einem anderen Tisch in der gleichen Autobahnraststätte in Wartha/Herleshausen fragte ein kleines Mädchen mit Schweizer Dialekt ihren Vater, ob sie jetzt zukünftig nicht mehr durch das traurige Land nach Berlin fahren würden. Diese Momentaufnahmen hat mein Gehirn bis heute abgespeichert.

Auch wenn ich erst Ende 1990 zum ersten Mal beruflich in den neuen Bundesländern zu tun hatte, habe ich unzählige Eindrücke sammeln können und viele Menschen kennengelernt.

Am 3. Oktober 1990 hörte der seit 1952 so bezeichnete Arbeiter- und Bauernstaat, die Deutsche Demokratische Republik, auf zu existieren und wurde Teil der Bundesrepublik Deutschland.

In der kurzen Zeitspanne zwischen Ende 1989 bis Dezember 1990 verließen fast 650.000 Bürger der DDR ihre alte Heimat. In einer Statistik habe ich gelesen, dass deutlich mehr Frauen als Männer in den ersten zwei Jahren ihr altes Land verlassen haben.

Eine überraschende Tatsache, denn nach allem, was man hört und was die Zahlen widerspiegeln, waren Frauen in der DDR respektierter, selbstbewusster, unabhängiger und deutlich weniger rollenfixiert wie deren Schwestern im Westen der Republik.

ZWEITAUSEND 2000

»Du musst einfach kommen. Es gibt Kaviar, Millennium Champagner. Wilco präsentiert sein neues Album und Andrea — du kennst doch Andrea: André vor der Operation — verabschiedet sich für ein Jahr in die USA.«

Der Mann unterbricht seine Sätze nur, um kurz Luft zu holen. »Ohne dich ist die Party einfach nicht komplett. Ich habe vierundzwanzig Leute eingeladen, zwölf Zimmer herrichten lassen. Jedes ist anders eingerichtet, jedes hat sein eigenes Motto; von Alice im Wunderland bis Nürnberger Parteitag, von Kreißsaal bis Sperrmüllbude. — Was das gekostet hat?« Die Frage bringt den Mann nur kurz aus dem Konzept. »Das würdest du mir eh nicht glauben. Was spielt Geld für eine Rolle? Wir werden keinen anderen Jahrhundertwechsel mehr erleben. Also, was soll's. Es wird die Party überhaupt. — Ob du noch jemanden mitbringen kannst? Sorry, Kleines, zwölf Männer, zwölf Frauen. Etwas Ordnung muss sein. Wenn auch sonst alles erlaubt ist. — Du kommst trotzdem? Das ist schön. Ich freue mich auf dich.«

Der Mann schmunzelt, als er das Mobilteil seines Telefons in die Ladeschale stellt. Jennifer hat zugesagt. Nicht dass sie berühmt, erfolgreich oder reich wäre wie die anderen Gäste, die er zu seiner Millenniumsparty eingeladen hat. Jennifer ist etwas Besonderes. Sie ist nicht nur die schönste Frau, die er im Laufe seines Lebens kennengelernt hat, sie ist auch die erste gewesen, die er geküsst hat. Damals im Kindergarten.

Nach Colalutscher hatten ihre Lippen geschmeckt. Auch seinen ersten Zungenkuss auf der Klassenfahrt hat er mit Jennifer gehabt. Dann sind seine Eltern umgezogen und sie haben sich aus den Augen verloren. Purer Zufall, dass er sie in der Frau an der Hotelrezeption wiedererkannt hat. Sie ist noch viel schöner, als er sie in Erinnerung gehabt hat. Dabei langweilen ihn eigentlich gut aussehende Menschen — und Frauen ganz besonders. In seiner Film- und TV-Produktionsfirma gibt es viel zu viele Schaufenster-Menschen, wie er sie nennt. Alle süchtig nach sich selbst, als dealten sie mit ihrem eigenen Dopamin. Jennifer ist anders. Nicht makellos, dafür wirkt alles an ihr echt und authentisch. Und morgen würde sie auf seine Party kommen. Natürlich hat er die Stars und Sternchen der Film- und Fernsehbranche einladen, sie mit den richtigen Kulissen locken, ihnen etwas Unvergessliches präsentieren müssen. Im Endeffekt geht es doch bloß darum, wann wer mit wem wo und wie oft knattern kann, ohne dass irgendein verfluchter Fototerrorist seine Schnappschüsse macht.

Mögen die Spiele beginnen, denkt der Mann, wirft seinen Bademantel auf den Sessel und springt in den überdachten Pool.

Jennifer kommt so gegen neun als eine der letzten Gäste. Ab der Sekunde, als er ihr aus dem Mantel geholfen hat, hat er nur noch Augen und Ohren für sie.

Während sich die ersten Partygäste auf die Zimmer schleichen, sitzen der Mann und Jennifer auf einer Couch in der Ecke und lassen Vergangenes lebendig werden. Kurz vor Mitternacht weiß er, dass ihre Lippen nicht mehr nach Colalutscher schmecken und ihre Zunge nicht länger unbeholfen in seinem Mund herumrührt wie ein Quirl in einer Teigschüssel.

Das Feuerwerk wollen sie sich von ihrem Sperrmüllzimmer aus ansehen. Das Bett erinnert den Mann an die in der Jugendherberge. Damals hatte er nur ihre Brüste streicheln dürfen und für einen kurzen Moment hatten seine Finger ihre Scham berührt. Dann dieser Zungenkuss und sie hatte ihn aus dem Zimmer geschubst. Er war mit den Fingern vor der Nase auf seinem Bett eingeschlafen.

Heute ist sie für alles viel aufgeschlossener.

Aber ihre Brüste fühlen sich anders an und auch der Duft ihrer Lippen ist ein anderer. Dennoch sind sie so abgelenkt, dass sie von dem grandiosen Jahrhundertfeuerwerk im Park und über der Stadt kaum etwas mitbekommen. Er begrüßt das neue Jahrtausend mit und in dieser Frau, in diesem alten Sperrmüllbett. Noch eine Stunde später ist er so abgelenkt, dass er das Blitzlicht vor ihrem Zimmer nicht sieht. Der Mann mit der

Kamera geht auf der breiten Balkonterrasse von Zimmer zu Zimmer und macht seine Fotos. Jennifer hat schon immer die besten Tipps für ihn parat gehabt, wenn wieder ein Prominenter mit Anhang in ihrem Hotel oder sonstwo abgestiegen ist. Auf Jennifer ist eben Verlass.

Anmerkungen zur Millenniums-Episode

Silvester 2000 –
Den Jahrtausendwechsel mehrmals erleben ...

Mit diesen und ähnlich lautenden Über-schriften warben einige Reiseanbieter für ein ganz besonderes Erlebnis: Ein Wettflug durch die Zeitzonen mit dem Ziel, die Uhr auszutricksen und die Champagnerkorken zweimal knallen hören zu können. Die Welt ist im Millenniumsfieber — alles schien machbar, war nur eine Frage des Geldes.

Wer zweimal feiern wollte, konnte einen Flug mit dem Überschallflugzeug Concorde (2200 km/h) buchen. Nachdem man sich zuerst in Paris an Bord des Fliegers um Mit-ternacht zugeprostet hatte, startete die Air France eine Viertelstunde später am 1. Januar 2000 zum Wettflug mit der Neujahrsnacht. Ziel war New York. Dabei übersprang die Concorde fünf Zeitzonen und landete am 31. Dezember 1999 (!) um 21.59 Uhr im Big Apple. Der Hin- und Rückflug kostete knapp 18.000 DM.

Die in der Südsee gelegenen Tonga-Inseln mit ihren 120.000 Einwohnern führten noch rasch wenige Tage vor dem Jahrtausendwechsel die Sommerzeit ein, bloß um dadurch als erstes Land der Welt das neue Millennium begrüßen zu können.

Andere Länder, Regierungen sowie die Bevölkerung, machten sich Sorgen um den Zusammenbruch sämtlicher Computersysteme und das daraus resultierende Ende der Welt.

Der Jahrtausendwechsel war in der Lage, selbst bei ausschließlich rational denkenden Menschen ihr einziges Gramm Phantasie freizulegen und zu stimulieren.

Letztendlich wollten alle bloß die Party ihres Lebens feiern — dabei war keine Location exotisch, kein Champagner teuer und kein Feuerwerk bunt genug.

Und wo sitzt das Geld lockerer als bei den Produktionsfirmen, die für die aufstrebenden privaten Fernsehsender neue Formate entwickeln und umsetzen? Nicht umsonst feierte ›Big Brother‹ noch im gleichen Jahr seine Premiere und Erfolge im deutschen Fernsehen.

Glaubt man Juvenal, einem römischen Sati-
rendichter des 1. und 2. Jahrhunderts, forderte
das Volk schon damals ›Panem et circenses‹. —
Oder waren es die Herrschenden, die so ihrem
tristen Politikalltag zu entkommen versuchten?
Wie dem auch sei: Das Fernsehvolk wünschte
eine neue Form des Zuschauens.

In Deutschland wurde das Wort ›Millen-
nium‹ von der Gesellschaft für deutsche Spra-
che zum Wort des Jahres 1999 gewählt — das
Wort des Jahres 2000 war ›Schwarzgeldaffäre‹.

ZWEITAUSEND*zehn* 2010

»Dafür kriegst du nicht mal mehr zehn Euro auf Ebay«, ist das vernichtende Urteil, das die Frau dem Mann, der auf der Ladefläche des LKWs steht, entgegenruft. »So ein sperriges Ding. Da kostet allein der Transport mindestens 'nen Hunderter.«

»Aber das Bett scheint noch stabil zu sein — hat kein einziges Wurmloch und hier ist sogar noch das Firmenschild«, versucht der Mann sich zu rechtfertigen. »Zwei Propeller mit Jahreszahl daneben — das muss eine Marke gewesen sein.«

»Darf man ja wohl auch erwarten. Immerhin habt ihr nicht das Haus von irgendwem entrümpelt. Der Typ war mal 'ne große Nummer im Filmgeschäft. Hat sich letztes Jahr in den Kopf geschossen.«

»Aber das meiste haben die Erben wohl an diesen Antiquitätenfatzken verscherbelt. Der Kerl packte gerade die letzten Teile in den Sprinter, als wir die Einfahrt hochfuhren.«

»Und da ist nichts Besseres mehr übrig gewesen als dieses alte Bett?« Die Stimme der Frau klingt ungläubig.

»Na klar, jede Menge Kram — alles auf der Ladefläche.«

»Okay, dann fahr mit dem Wagen zum Lager und lade die Sachen so aus, dass ich sie mir in Ruhe anschauen kann. Ich komme in einer halben Stunde rüber«, ruft sie, dreht sich um und verschwindet wieder im Büro des Speditionsbetriebes.

Eine Dreiviertelstunde später fegt sie durch die Eingangstür des Lagerschuppens. Was für eine schöne Frau du einmal gewesen sein musst, denkt der Mann. Er arbeitet seit drei Monaten hier und seit zwei Monaten hat er eine Affäre mit ihr, der Chefin.

»Steht alles hier drüben«, ruft er ihr entgegen, als die Frau die schwere Metalltür hinter sich zuzieht.

»Beeil dich, mein Mann ist für zwei Stunden unterwegs«, antwortet sie, sich die Bluse aufknöpfend.

»Hier?«, fragt er und deutet auf die Kartons und Kästen, die kreuz und quer im Lager stehen. »Hier sollen wir rummachen?«

»Als wenn dir das jemals etwas ausge-macht hätte.« Die Frau schüttelt verständ-nislos den Kopf.

»Komm endlich rüber.« Sie zeigt auf die Stelle, an der der Mann die beiden Seitenteile des Bettes schräg an das große Lagerregal gelehnt hat. Die Frau öffnet den Reißver-schluss ihrer Jeans, schlüpft aus einem Hosen-bein heraus und lehnt sich mit dem Rücken gegen die Seitenteile.

»Komm schon her. Du darfst mich heute richtig hart rannehmen.«

Er sieht das dunkle Schamhaar zwischen ihren Beinen und dass sie sich seit letzter Woche wohl rasiert hat.

Als sie fertig sind, zieht sie ein Päckchen Papiertaschentücher aus der Tasche, wischt sich ab, legt sich noch zwei davon in ihr Hös-chen und packt ihren Körper wieder ein.

»Kann ich das Bett haben?«, fragt er mit dunkler Stimme. Die Blicke der Frau sprin-gen von dem Mann zu den Holzteilen und dann wieder zurück.

»Dieses schäbige Ding? Was willst du damit anfangen?«

»Ein Flugzeug bauen — ein Modellflug-
zeug«, sagt er, während seine Hände über das
glatte Holz streichen.

»Du kommst auf Ideen«, antwortet sie ach-
selzuckend. »Meinetwegen — nimm es mit.«
Sie würde die Männer nie verstehen.

Anmerkungen zur 2010er Episode

In 65 Jahren ohne Krieg konnte sich der Wohlstand der Bevölkerung dieses Landes entwickeln wie Mikroorganismen in einer Petrischale.

Deutschland wurde mehr und mehr zu einem Volk der Erben.

Im Durchschnitt wird zukünftig jeder Fünfte ein Vermögen von 250.000 Euro oder mehr vererben. Tendenz stetig steigend.

Für Erben gibt es genau drei relevante Personengruppen:

die Erblasser,

die Nachlassverwalter

und

die Entrümpler.

Letztgenannte werden scheinbar immer wichtiger. Mit der Nachricht, dass man ein Haus geerbt hat, und der anschließenden Besichtigung des neuen Eigentums, stellt sich häufig die Frage: Wohin mit den ganzen Sachen in den vollgestopften Zimmern?

Hier kommen die Entrümpler ins Spiel. Dabei handelt es sich häufig um Schrott- und Alteisenhändler, die erkannt haben, dass sich nicht nur mit Metallen Geld verdienen lässt. Darüber hinaus mischen immer mehr Antiquitäten- und Trödelhändler in diesem Metier mit.

Die Fachleute schaffen es in wenigen Tagen, einen kompletten Haushalt aufzulösen. Nach der Besichtigung der Räume präsentieren sie ein Angebot. Wird man sich mit den Erben handelseinig, werden die Hinterlassenschaften abtransportiert und Gegenstände eingelagert, bis feststeht, was mit ihnen geschehen soll. Häufig werden Möbel, Garderobe, Kunst- und Haushaltsgegenstände von den Firmen angekauft und weiter verwertet. In der Regel heißt das ›weiterverkauft‹. Dabei kommen die besseren Exponate auf Auktionen, die schlechteren auf den Trödelmarkt und die unverkäuflichen enden in der Regel auf der Mülldeponie.

Besonders problematisch bei der Weitervermarktung sind wohl Bücher.

Wenigstens hat das irgendwann einmal ein Entrümpler so erwähnt.

Ich traf den Mann, der wundervolle Bücher aus den letzten hundert Jahren aus Bananenkisten heraus verkaufte, auf einem Floh- und Trödelmarkt. Der Preis der Bücher wurde nach Gewicht bemessen. Das Kilo zu 50 Cent. Ich habe eine deutschsprachige Taschenbuch-Erstausgabe von Orwells ›1984‹ erworben.

Die Welt ist verrückt geworden.

AUTOR:

1958 in Kassel geboren, kam über Henry Slesar, Cornell Woolrich und Agatha Christie früh mit Kriminalgeschichten in Berührung. Er schreibt und veröffentlicht unter dem Pseudonym Lars Winter Kriminalromane, Kurzgeschichten, Kinder- & Jugendbücher und betextet deutschsprachige Rock- und Popmusik. Er hat in den wilden Siebzigern Lyrik geschrieben, erotische Kurzgeschichten verfasst und versucht mit allen Sinnen ein Thema zu erfassen. Er ist verheiratet, hat drei Kinder und wohnt in einer alten Villa in Deutschlands Provence.

autorlarswinter@gmail.com

ILLUSTRATOR:

Wolfgang Keller wurde 1965 in Pirmasens geboren. Nach einem Kommunikationsdesign-Studium in Freiburg mit dem Schwerpunkt Illustration war er als Grafikdesigner für einen Stuttgarter Verlag tätig — danach als freier Illustrator und Designer in Freiburg. Seit 1999 illustriert und veröffentlicht er als Künstler und Autor grafische Erzählungen.

Für Wolfgang Keller steht das Erzählen mit Bild und Wort im Zentrum seines künstlerischen Schaffens.

art@w-keller-design.de
www.wk-art-tales.blogspot.com

Skizzen von
Wolfgang Keller zu
ZERWÜHLT

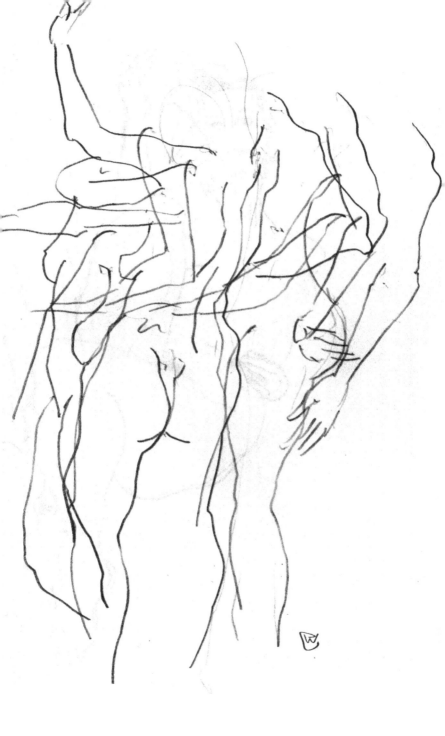

1930

1950

1960

Tusche-Versionen
von Wolfgang Keller zu
ZERWÜHLT

Bilder von
Andreas Noßmann zu
ZERWÜHLT

ZUM KÜNSTLER:

Andreas Noßmann wurde 1962 in Hilden geboren. Nach einer Ausbildung zum Technischen Assistenten für Gestaltung folgte ein Studium an der GHS-Universität Wuppertal im Studiengang Kommunikationsdesign mit den Schwerpunkten Freie Grafik und Malerei. Seit 1986 werden Zeichnungen von Andreas Noßmann regelmäßig in Einzel- und Themenausstellungen präsentiert sowie in immer wieder neuen Veröffentlichungen publiziert.

a@nossmann.com

DAS ZWISCHEN MÄNNERN UND FRAUEN

Autor: Lars Winter
Illustratoren: Andreas Noßmann und Wolfgang Keller

Wo es Liebe gibt, existieren zwangsläufig auch die dunklen Puzzleteile unserer Gefühle: Eifersucht, Neid, Geiz, Ekel, Gier und Hass.

Diese großartige Sammlung ungewöhnlicher Kriminal-Short-Storys bietet nervenkitzelnde Geschichten, schräge Ideen und Einblicke hinter die Fassaden scheinbarer Normalität. Immer geht es um das Zwischenmenschliche, das mal als Auslöser, mal als Motiv der Verbrechen dient. Hier wird mit dem Kopf gemordet – und mit dem Herzen.

So lernen Sie drei Witwen kennen, die alles andere als traurig zur Beerdigung ihres Exgatten gehen – treffen eine verliebte Sekretärin, deren blauäugiger Freund es nicht so ernst mit ihr meint, wie sie das gerne hätte – und ein Makler stellt sich vor, der wirklich jedes Haus verkauft.

Als Bonus – und als Premiere im Wind und Sterne Verlag – gibt es die erste Kurzgeschichte unseres erfolgreichen Ermittlerduos Ulf Norden und Pfarrer Klinger.

344 Seiten
Buchformat: 21 cm × 13 cm
Hardcover mit Schutzumschlag und Lesebändchen
€ 14,90 (D)
ISBN 978-3-946-186-76-2

LARS WINTER

DAS ZWISCHEN
MÄNNERN UND
FRAUEN

Kriminalgeschichten

WELLENWUT

Autor: Lars Winter | **Illustrator:** Wolfgang Keller

Der Rhein von seiner mörderischen Seite. Ein alter Schulfreund, heute der Besitzer einer Reederei, bittet Ulf Norden um Hilfe. Merkwürdige Dinge sind auf den letzten Fahrten der Commedia dell'arte, einem Hotelschiff der besonderen Art, passiert. Kurzentschlossen nehmen Norden und Pfarrer Klinger die Einladung an, zehn Tage auf dem schwimmenden Luxusliner zu verbringen.

Komfortable Kabinen und der luxuriöse Wellnessbereich sorgen für die Erholung, Feinschmecker-Restaurants und Piano-Bars für die niveauvolle Unterhaltung der Reisenden. Die Stimmung an Bord ist ausgelassen, bis eine Tote im Whirlpool gefunden wird – ertrunken, weil eine schwere Hantel ihren Kopf unter Wasser gedrückt hat. Der Kapitän ist Optimist und glaubt an einen Unfall. Aber spätestens der zweite Todesfall lässt keine Zweifel mehr zu. Was als unbeschwerte Urlaubsreise von Amsterdam nach Basel geplant war, wird mehr und mehr zum Alptraum für alle Beteiligten.

360 Seiten
Buchformat: 21 × 13 cm
Hardcover mit Schutzumschlag und Lesebändchen
€ 16,90 (D)
ISBN: 978-3-946186-46-5

LARS WINTER

WELLENWUT

Kriminalroman